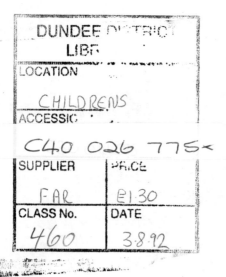

Pinocchio
© LADYBIRD BOOKS LTD 1979
ISBN 0-7214-0589-4 (ed. original)

© LADYBIRD BOOKS LTD 1990
ISBN 0-7214-1412-5 (versión española)

Impreso en Inglaterra – Printed in England

LADYBIRD BOOKS

MIS CUENTOS FAVORITOS

Pinocho

Carlo Collodi

Alhambra Longman

Esta es la extraña historia de un tronco que se convirtió en un muñeco, que a su vez se convirtió en un chico de carne y hueso.

Todo empezó cuando Antonio, el carpintero, cogió un tronco del montón de leña que tenía en su taller. Era un tronco muy corriente, no tenía nada de especial. Pero cuando Antonio levantó su hacha para quitarle la corteza, se oyó una vocecita que decía:

— ¡Te lo suplico, no me golpees demasiado fuerte!

5

Antonio se asustó. Miró a su alrededor y luego miró el tronco.

– No, no – se dijo –. Debo estar soñando.

Y volvió a levantar su hacha para descargar un tremendo golpe sobre el tronco.

– ¡Ay, me has hecho daño! – gritó la misma vocecita de antes.

Antonio estaba asustadísimo, pero en aquel momento entró su amigo Geppetto. Geppetto no tenía hijos y quería un tronco para fabricar un muñeco que supiera bailar, saltar y moverse como un chico de verdad.

8

Antonio le entregó el tronco que le había dado aquel susto tan grande. Geppetto se marchó muy contento con el tronco y en seguida se puso a fabricar su muñeco.

– Le llamaré Pinocho – dijo mientras trabajaba –. Es un bonito nombre.

Tan pronto como hizo el rostro del muñeco, éste movió los ojos y esbozó una sonrisa. Luego, mientras Geppetto terminaba los pies, Pinocho le propinó una patada en la nariz.

Geppetto estaba muy satisfecho de su nuevo muñeco, a pesar de sus diabluras. Cuando enseñó a Pinocho a caminar, colocando un pie delante del otro, el muñeco salió corriendo a la calle. Geppetto corrió tras él, pero no logró darle alcance.

Pinocho corrió por las calles y se topó con un policía. El policía se lo entregó a Geppetto, pero las personas que habían contemplado la escena se compadecieron de Pinocho y dijeron que Geppetto era un canalla. El policía les hizo caso y se llevó a Geppetto a la cárcel.

Mientras el pobre Geppetto era encarcelado por algo que no había hecho, Pinocho corrió a casa y se tumbó en la cama, muy satisfecho de sí mismo.

De pronto oyó una vocecita junto a él. Pinocho se asustó. Cuando se volvió, vio a un enorme grillo que trepaba lentamente por la pared.

– Soy el grillo Charlatán – dijo –. Voy a decirte una cosa. Los chicos que se rebelan contra sus padres y huyen de casa, siempre acaban arrepintiéndose.

— Vete de aquí, grillo — dijo Pinocho —. No me importa lo que digas. Mañana me escaparé de aquí, porque si no, tendré que ir a la escuela como todos los chicos. Yo no quiero aprender nada, no quiero trabajar, sólo quiero divertirme.

El grillo suspiró y dijo:

— Lo siento mucho por tí, Pinocho. Terminarás en la cárcel.

Pinocho se enfadó y le arrojó un martillo, y el grillo desapareció.

Pinocho tenía mucha hambre, porque no había comido nada en todo el día. En la casa sólo había un huevo, y cuando se disponía a cocinarlo, salió un pollito y se alejó volando.

Pinocho salió en busca de algo que comer, aunque hacía frío y llovía, pero nadie quiso darle nada. Al fin regresó a casa, colocó los pies junto al fuego para que se secaran y se quedó profundamente dormido.

Pero como tenía los pies de madera, empezaron a quemarse mientras él dormía.

De pronto sonaron unos golpes en la puerta. Era Geppetto.

El muñeco se levantó para ir a abrir, pero cayó al suelo.

– ¡No puedo abrir la puerta! – gritó –. ¡Me he quedado sin pies!

Geppetto tuvo que entrar por la ventana. Estaba muy enfadado, pues creía que era otra broma de Pinocho. Pero cuando vio que al muñeco le faltaban los pies, se puso muy triste.

Pinocho tenía tanta hambre que Geppetto le dio las tres peras que iba a tomarse para desayunar. Cuando se las comió, el muñeco le suplicó que le hiciera unos pies nuevos.

Geppetto quería darle una lección, así que lo dejó llorando solo durante un buen rato.

Al fin, Pinocho prometió ser bueno e ir a la escuela. Geppetto le hizo unos estupendos pies nuevos y un traje para asistir a la escuela.

Lo único que le faltaba a Pinocho era un abecedario, pero no había dinero suficiente para comprárselo.

Geppetto estaba muy apenado porque no podía comprarle el abecedario. Entonces se le ocurrió una idea. Se puso su viejo abrigo y salió a la calle, a pesar de que estaba nevando.

Regresó al poco rato con el abecedario, pero sin su abrigo. Se lo había vendido para comprarle el libro a su muñeco-hijo.

Cuando dejó de nevar, Pinocho se fue a la escuela. Mientras caminaba, se dijo que un día ganaría mucho dinero para comprarle a Geppetto un magnífico abrigo en señal de gratitud.

De repente oyó música a lo lejos. ¿Qué podía ser? Pinocho se detuvo para escuchar. Entonces decidió que iría mañana a la escuela.

Corrió hacia el lugar desde donde sonaba la música.

La música procedía del Gran Teatro de Marionetas. Pero Pinocho no tenía dinero para entrar. Después de pensarlo unos minutos, vendió el abecedario por dos peniques. ¡Pobre Geppetto, en casa tiritando de frío por haberle comprado a Pinocho el abecedario!

Pero Pinocho se olvidó rápidamente de Geppetto. Cuando entró en el teatro, se sintió como si estuviera en casa. Las marionetas le acogieron como a un hermano e interrumpieron la representación para saludarle.

Las marionetas tenían un jefe al que llamaban el Pirófago. Era un hombre temible y tenía unas largas barbas negras. Cuando vio que habían interrumpido la representación por culpa de Pinocho, se enfureció.

Primero pensó en arrojar a Pinocho al fuego. Luego decidió perdonarlo y arrojar en su lugar al Arlequín.

Pero Pinocho dijo valientemente que prefería morir él en vez del Arlequín, y al final el Pirófago los perdonó a los dos.

Cuando las marionetas lo supieron, se pusieron a aplaudir de alegría. Luego se pasaron toda la noche bailando alegremente.

Al día siguiente el Pirófago entregó a Pinocho cinco monedas de oro para que se las llevara a su padre, Geppetto, y lo envió a casa muy satisfecho de sí mismo.

Esta vez Pinocho estaba decidido a ser bueno, pero no tardó en meterse en otro lío. Se encontró a un malvado zorro que fingía estar cojo, y a un gato que fingía ser ciego. Entre ambos intentaron robarle el dinero, pero Pinocho salió huyendo.

Los bribones persiguieron a Pinocho
y trataron de clavarle un cuchillo. Por
fortuna, el muñeco estaba hecho de una
madera tan dura que el cuchillo se partió.

Los animales estaban tan furiosos, que lo
colgaron de un árbol para que muriera ahorcado.

Mientras Pinocho pendía del árbol, una niña
que tenía el cabello azul lo vio desde su casa, que
estaba cerca. En realidad se trataba de un hada
disfrazada, y envió a sus sirvientes para que
socorrieran al muñeco.

El hada dio a Pinocho una medicina para que se reanimara y le pidió que le contara su historia. Pinocho empezó contando la verdad, pero al llegar al episodio de las cinco monedas, contó una mentira. Dijo que se las habían robado, cuando en realidad las llevaba en el bolsillo.

En cuanto soltó la mentira, la nariz le creció un par de centímetros. Luego dijo otra mentira, y otra más, y la nariz le creció tanto que Pinocho no podía pasar por la puerta.

El hada se rió de sus apuros y el muñeco rompió a llorar. Lloró durante un buen rato, hasta que el hada le perdonó por haber dicho mentiras. Entonces llamó a unos pájaros carpinteros para que ayudaran a Pinocho. Los pájaros se pusieron a picotear la nariz de Pinocho hasta que ésta adquirió su tamaño natural, y el muñeco se tranquilizó.

El hada se había encariñado con Pinocho, a pesar de sus travesuras, y le propuso que se quedara con ella. Pinocho contestó que quería volver a casa con su padre, Geppetto, pero el hada le dijo que Geppetto también podía irse a vivir con ellos.

Pinocho se puso muy contento y corrió en busca de Geppetto. Hacía mucho tiempo que no le veía.

Pinocho estaba ansioso de volver a verlo, pero no conseguiría su propósito. El malvado zorro y el malvado gato aparecieron de nuevo y le robaron sus monedas de oro. Cuando Pinocho se lo contó a un policía, lo encerraron en la cárcel durante dos meses. Pinocho no se explicaba el motivo.

Cuando el muñeco salió de la cárcel, fue en busca del hada. Pero al llegar al lugar donde la había dejado, comprobó que la casa había desaparecido.

41

Entonces Pinocho se echó a llorar. De pronto una paloma se posó junto a él y le contó que Geppetto se sentía tan triste, que había partido en un barco en busca de Pinocho. Al saberlo, Pinocho se desesperó aún más, pues echaba mucho de menos a Geppetto.

La paloma se compadeció de él y lo transportó
en su lomo sobre el mar en busca de Geppetto.
Pero Pinocho tampoco tuvo suerte esta vez, pues
un delfín le contó que Geppetto había sido
devorado por un terrible tiburón.

Pinocho se encontró de pronto en una isla donde todas las gentes trabajaban tanto, que las llamaban las Abejas Laboriosas. Aunque estaba hambriento, no quería ponerse a trabajar para ganarse el sustento.

Pero como tenía tanta hambre, al fin no tuvo más remedio que ponerse a trabajar. Ayudó a una mujer a acarrear agua. Cuando la mujer le dio de comer, comprobó que se trataba de su hada. ¡Por fin la había encontrado!

Pinocho dijo al hada que estaba cansado de ser un muñeco. Quería ser un chico de carne y hueso.

El hada respondió que no podría convertirse en un chico de verdad hasta que no fuera bueno y obediente. No debía decir mentiras, y tenía que ir a la escuela. Así que Pinocho fue a la escuela.

Trabajó con tanto ahínco, que llegó a ser el primero de la clase. El hada estaba muy contenta y le prometió que pronto se convertiría en un chico de verdad.

Pero en su clase había dos chicos muy malos que lo apartaron del buen camino, y Pinocho volvió a escaparse.

Esta vez se fue al País de los Juguetes, con otros chicos tan traviesos como él. Todos se convirtieron en unos asnos, con orejas, rabo y todo lo demás.

Pinocho se convirtió en un asno que trabajaba en un circo. Un día se cayó y se lastimó una pata, mientras saltaba a través de un aro. A causa de este accidente quedó cojo, y fue vendido para que utilizaran su pellejo para fabricar un tambor.

Su nuevo amo lo arrojó al mar para que se ahogara, y Pinocho volvió a transformarse en un muñeco.

Pero las aventuras de Pinocho no habían
terminado. Cuando se hallaba en el fondo del
mar, vino un tiburón y se lo tragó. Era el mismo
tiburón que había devorado a su padre,
Geppetto, ¡y Geppetto seguía vivo! Pinocho
concibió un plan y logró sacar a su padre de las
entrañas del tiburón.

Pinocho se puso a trabajar tan duro para mantener a su pobre padre, que el hada le perdonó por tercera y última vez y le concedió su deseo.

Y Pinocho, por fin, se convirtió en un chico de verdad.